KB267590

**해리엇 지퍼트 글**

해리엇 지퍼트는 미국에서 태어나 자랐습니다. 초등학교 교사와 교육과정 개발자를 거쳐
어린이 독자를 위한 책을 쓰는 작가가 되었답니다. 저서로는 《안나의 빨간 외투》,
《졸린 개》, 《무슨 색이 될까?》 등이 있습니다.

**에밀리 볼람 그림**

에밀리 볼람은 영국 브라이턴 대학에서 미술을 공부한 뒤 그림책 일러스트레이터로
활동하며 많은 그림을 그렸습니다. 주요 작품으로 《무슨 색이 될까?》, 《많이! 많이!》,
《행복한 집》 등이 있습니다.

꼬마 당나귀 버찌 ❷

# 꼬마 양도 데려갈래요

**1판 1쇄** 2013년 12월 20일

**지은이** 해리엇 지퍼트  **그린이** 에밀리 볼람
**펴낸이** 정연금  **펴낸곳** 멘토르
**책임편집** 이수정  **기획** 김미숙, 강지예, 조원선, 안소영
**마케팅** 나길훈  **경영지원** 안정배, 우은지
**등록** 2004년 12월 30일 제302-2004-00081호
**주소** 서울시 마포구 동교동 198-5번지 신흥빌딩 3층
**전화** 02-706-0911  **팩스** 02-706-0913  **홈페이지** www.mentorbook.co.kr
**ISBN** 978-89-6305-666-1 (14840)

# 꼬마 양도 데려갈래요

해리엇 지퍼트 지음 · 에밀리 볼람 그림

버찌가 아기였을 때부터
꼬마 양은 버찌와 함께였어요.

꼬마 양은 어디든
버찌를 따라갔어요.

버찌가 차에 타면
옆자리는 꼬마 양 차지였죠.

버찌가 머리를
자를 때는
친구가 되어 주었어요.

버찌가 치과에 가면
옆에 있어 주었어요.

버찌는 꼬마 양을 학교에
데려가고 싶었어요.

“꼬마 양은 학교에 못 간단다.”
엄마가 말했어요.

“데려갈래요!” 버찌가 외쳤어요.

“나는 어디든 꼬마 양과 같이 가니까요.”

"안 돼. 규칙이야. 장난감은 학교에 못 가져가.
꼬마 양은 차에서 너를 기다릴 거야."
엄마가 말했어요.

버찌는 역할놀이 옷들이 있는 구석에
몸을 웅크리고 앉았어요.

학교에 있는 장난감은 가지고 놀기 싫었어요.
버찌는 꼬마 양이 보고 싶었어요.

버찌는 교실을 둘러보았어요.
블록 쌓기도, 그림 그리기도, 찰흙 놀이도
하기 싫었어요.

선생님이 말씀하셔서 버찌는 다른 아이들과 앉았어요.
하지만 버찌는 꼬마 양과 같이 앉고 싶었지요.

주스와 쿠키가 차려진 간식 시간이에요.
샐리가 버찌 옆에 앉았어요.

바깥 놀이 시간에 버찌는
꽃 세 송이를 꺾어 샐리에게 주었어요.

교실로 돌아오자 샐리가 말했어요.
"우리 같이 소꿉놀이하자. 너는 아빠고, 나는 엄마야."

"좋아. 아이는 두 명으로 하자."
버찌가 대답했어요.

앨리와 잭이 아이가 되었어요.

샐리와 버찌는 아이들에게 저녁을 차려 주었어요.

버찌는 아이들에게 책도 읽어 주었어요.

"얘들아, 잘 시간이야." 샐리가 말했어요.

아이들에게 이불을 덮어 주고 버찌와 샐리는
앉아서 쉬었어요.

"우리 다른 놀이를 하자. '메리 친구 꼬마 양' 놀이하자."
버찌가 말했어요.

케일럽이 양이 되었어요.
버찌는 먹이로 클로버를 주었어요.

털도 빗겨 주었어요.

"이제 나를 따라 학교에 가는 거야."
버찌가 말했어요.

버찌 친구 꼬마 양, 꼬마 양, 꼬마 양,

보들보들 꼬마 양, 노랑 꼬마 양.

버찌 친구 꼬마 양, 학교에 왔어요,

버찌 따라 학교에 놀러 왔어요.

엄마가 버찌를 데리러 오자,
버찌는 계속 종알거렸어요.

"오늘 학교에 양이 있었어요. 내가 먹이도 주고요,
털도 빗겨 주었어요. 그리고 양이 여기저기 나를 따라다녔어요!"

그러자 엄마가 말했어요.
"정말 재미있게 놀았구나.
이제 양이 두 마리나 있으니
버찌는 정말 좋겠네."